GALLAND-GLEIZE
(DE VITTEL)

DU

REIN MOBILE ET DOULOUREUX

DANS SES RAPPORTS AVEC LA COLIQUE NÉPHRÉTIQUE

*Communication faite à la cinquième session de l'Association française
d'Urologie, Paris 1901.*

CLERMONT (OISE)
IMPRIMERIE DAIX FRÈRES
3, PLACE SAINT-ANDRÉ, 3

1902

DU

REIN MOBILE ET DOULOUREUX

DANS SES RAPPORTS AVEC

LA COLIQUE NÉPHRÉTIQUE

PAR

Le Dr GALLAND-GLEIZE

(de Vittel)

Communication faite à la cinquième session de l'Association
française d'Urologie, Paris, 1901.

CLERMONT (OISE)

IMPRIMERIE DAIX FRÈRES

3, PLACE SAINT-ANDRÉ, 3

1902

DU

REIN MOBILE ET DOULOUREUX

DANS SES RAPPORTS AVEC LA COLIQUE NÉPHRÉTIQUE

PAR

Le Docteur GALLAND-GLEIZE

(de Vittel).

La plupart des auteurs modernes, dans leurs écrits, mentionnent les accidents douloureux qui surviennent du côté du rein « simulant d'une façon absolue ceux de la lithiase, et pouvant même s'accompagner d'hématurie (1) » (Sabatier). « Certains *reins mobiles douloureux*, dit le Dʳ Tuffier, donnent lieu à des crises d'hydronéphrose intermittente, qui ressemblent à la colique néphrétique (2) ».

D'autre part, ce dernier auteur s'est particulièrement attaché à démontrer que le syndrome connu sous le nom de colique néphrétique « est généralement et trop souvent regardé comme l'expression clinique de la lithiase rénale ».

Dans une leçon faite à l'hôpital Beaujon, et reproduite dans la *Semaine médicale* du 25 octobre 1893, cet auteur dit « avoir eu l'occasion d'observer dans ces derniers temps plusieurs malades qui prouvent que des états pathologi-

(1) SABATIER.— *Revue de chirurgie*, 1889, p. 62.
(2) TUFFIER. — *Traité de chirurgie*, de Duplay et Reclus, tome VII. p. 213.

ques fort nombreux, peuvent simuler à s'y méprendre les coliques symptomatiques de la lithiase rénale ». Il donne à ces accès douloureux le nom de *pseudo-coliques néphrétiques*, car, dit-il, « ils revêtent exactement les mêmes allures cycliques que les accidents de la lithiase rénale urétérale et se distinguent aussi des névralgies rénales » (1).

Parmi ces états pathologiques, M. Tuffier signale la mobilité anormale du rein, et la leçon clinique dont nous venons de parler est en partie consacrée à l'histoire d'une jeune femme, considérée depuis deux ans par les médecins qui l'avaient soignée, comme atteinte de colique néphrétique calculeuse, bien que ces coliques n'aient jamais été accompagnées d'hématuries, ni d'expulsions de graviers ou de sables. Le Dr Tuffier porta chez elle le diagnostic de « pseudo-colique néphrétique symptomatique d'une mobilité anormale peu étendue du rein droit ». La marche ultérieure des accidents et les résultats de la thérapeutique suivie confirmèrent ce diagnostic.

Quoi qu'il en soit, il ne nous semble pas que les auteurs aient assez insisté encore sur ces faits, ni qu'ils se soient rendu un compte tout à fait exact de leur degré de fréquence, ni surtout qu'ils aient établi une distinction suffisamment nette entre chacun d'eux.

Or, un certain nombre d'observations que nous avons pu recueillir dans le cours de notre pratique, et dont nous rapportons quelques-unes ici, qui nous ont paru plus probantes, nous autorise à penser qu'au cours du rein prolabé et mobile, il survient, beaucoup plus fréquemment qu'on ne le croit en général, des crises douloureuses, dont la physionomie, les allures et la marche ressemblent singulièrement à celles de la colique néphrétique calculeuse la plus franche. Ces crises sont cependant complètement indépendantes de la lithiase urinaire.

(1) *Semaine médicale* du 25 octobre 1893, n° 61, p. 481.

Elles se séparent aussi d'autre part des crises d'hydronéphrose intermittente que les auteurs ont eues surtout en
vue, dans la description des accidents douloureux qui apparaissent au cours du rein mobile. Le mécanisme de pro-
duction de la crise diffère dans les deux cas. Nous croyons
que la distinction peut en être faite au lit du malade, ainsi
que nous le verrons dans un instant.

Le premier malade dont nous ayons à parler ici, pré-
sente une histoire clinique qui ressemble beaucoup à celle
de la malade qui fait le sujet de la leçon de M. Tuffier :

Ce malade M. R... nous fut adressé en 1896, par un de nos
confrères de province. C'était un homme de 33 ans, exerçant
la profession de cultivateur, qui n'avait jamais commis d'ex-
cès, et dont la santé générale avait toujours été assez bonne,
sauf qu'il était de tempérament très nerveux, et que ses digestions étaient généralement laborieuses.

Le début des accidents pour lesquels son médecin l'envoyait
à Vittel, remontait à quatorze mois. Il avait eu, à cette époque,
une crise aiguë de colique néphrétique du côté droit, survenue
brusquement, et que son médecin avait considérée comme une
colique néphrétique franche, de nature lithiasique.

Le récit qu'il nous fit à nous-même des symptômes qu'il
avait présentés, nous permit de partager l'opinion de notre
confrère. C'était bien le tableau de l'accès de colique néphrétique la plus franche, sauf pourtant, disons-le tout de suite,
que la miction était restée à peu près normale pendant toute
la durée de l'accès, et que, de même que la crise n'avait été
précédée d'aucun phénomène du côté des urines de nature à la
faire prévoir, elle n'avait pas non plus été accompagnée ou
suivie d'hématurie, ni d'expulsion de graviers ou de sables,
soit immédiatement après, soit dans les jours qui suivirent
l'accès.

Le malade s'était remis de cette première crise, lorsque
quelques semaines après, il fut repris des mêmes accidents,
qui se présentèrent absolument de la même façon que la première fois à tous les points de vue. Nouvelle accalmie suivie,
six semaines environ après, d'une nouvelle rechute, puis les
crises finirent par se rapprocher de plus en plus, et quand le
malade vint à Vittel, il avait une crise toutes les semaines et

même plusieurs par semaine. Il avait maigri considérablement, ses digestions étaient devenues tout à fait mauvaises, son appétit était tombé.

Frappé immédiatement de ce fait si nettement affirmé par le malade, qu'il n'avait jamais rendu de sang, de graviers, ni de sables, soit au moment des accès, soit après, soit dans l'intervalle de chacun d'eux, nous examinâmes M. R... avec un soin particulier. Explorant attentivement la région rénale, nous trouvâmes le rein droit manifestement abaissé, mobile, douloureux à la palpation ; il ne nous parut pas augmenté de volume.

Dès ce premier examen, en raison de l'absence de troubles appréciables de la fonction urinaire et des urines, nous inclinâmes à penser que le déplacement et la mobilité du rein droit pouvaient bien être ici la seule cause des crises douloureuses. Une analyse de l'urine que nous fîmes immédiatement ne nous révéla rien de particulier.

Des crises survinrent en cours de cure, nous eûmes ainsi l'occasion d'en observer quatre dans les vingt-trois jours que le malade passa à Vittel. Toutes présentèrent la physionomie habituelle de la colique néphrétique calculeuse la plus franche de moyenne intensité, mais dans aucune d'elles il n'y eut d'autre trouble de la fonction urinaire qu'un peu de fréquence des mictions au cours de l'accès. Jamais il n'y eut d'hématurie, jamais d'expulsion de sables ou de graviers. Le léger dépôt floconneux blanchâtre que les urines formaient après refroidissement, était constitué presque exclusivement par des cellules épithéliales de la vessie et quelques phosphates, sans rien qui révélât la présence possible d'une gravelle urique ou oxalique.

Le malade quitta Vittel, sa cure finie, sans avoir présenté d'incident particulier, sans qu'aucun changement appréciable non plus se fût produit dans son état.

Nous étions convaincu que les phénomènes présentés par cet homme n'étaient pas le résultat d'une lithiase rénale, mais reconnaissaient pour cause le déplacement et la mobilité du rein que nous avions constatés chez lui.

Ce n'est pas que nous ne pensions qu'il puisse exister de la gravelle susceptible de passer inaperçue pendant très longtemps chez certains malades, soit que ces malades s'observent mal, soit que la gravelle reste vraiment latente dans les voies urinaires, ne révélant sa présence que par de vagues phénomènes douloureux peu intenses, jusqu'à ce qu'un évènement quelconque, tel qu'une cure dans une station minérale, dont les eaux exercent une puissante action diurétique, vienne déceler la nature vraie de ces douleurs.

Nous avons nous-même publié en 1896, un modeste travail sur certaines variétés de lombalgies dues à la lithiase urinaire latente, qu'il nous a été donné d'observer à Vittel. Depuis la publication de ce travail, nous avons eu l'occasion de voir encore un certain nombre de malades qui ont pleinement confirmé la valeur de nos observations précédentes.

Nous ne nions pas non plus qu'il puisse y avoir des crises néphrétiques aiguës reconnaissant vraiment la lithiase pour cause, et qui, s'il est permis de s'exprimer ainsi, ne fassent pas leur preuve, c'est-à-dire ne découvrent pas le corps du délit. Mais chez le malade dont nous venons d'esquisser l'histoire clinique, nous avions des raisons de croire qu'il ne s'agissait pas d'une lithiase plus ou moins latente, mais que le rein déplacé était la cause de ces accidents.

Deux ans plus tard, les hasards de la clinique nous amenaient à Vittel une malade qui nous fournissait un exemple nettement caractérisé de colique néphrétique non calculeuse, ou plutôt de pseudo-colique néphrétique droite manifestement produite par un rein déplacé, mobile et douloureux.

Il s'agissait dans ce cas d'une femme de 37 ans, Madame C... de souche arthritique, de tempérament très nerveux. Elle n'avait jamais eu d'hématurie, jamais remarqué de sables dans ses urines, lorsque 2 ans avant sa venue à Vittel, elle fut prise brusquement d'une crise très violente du côté droit, qui présenta tous les caractères habituels de la colique néphrétique calculeuse. Les fonctions digestives étant habituellement très mauvaises chez cette personne, son médecin l'envoya d'abord à Vichy.

Elle supporta assez difficilement la cure de Vichy. En outre 4 à 5 semaines après celle-ci, elle eut une crise néphrétique plus violente encore que la première, plus longue également, mais absolument semblable comme physionomie générale.

Puis, comme chez notre premier malade, les crises douloureuses se reproduisirent dans les mois suivants et se rapprochèrent. En outre, dans l'intervalle des accès, l'état général devint plus mauvais, les fonctions digestives se troublèrent plus profondément, l'état nerveux s'aggrava. La marche, les mouvements, la station debout même, occasionnaient des douleurs vagues peu intenses, mais très pénibles par leur durée même, dans la région du flanc droit et sur le trajet de l'uretère correspondant.

La cure de Vichy n'ayant pas donné de résultats satisfaisants, le médecin de Madame C... l'envoya l'année suivante à Vittel, et nous l'adressa.

Dès notre premier examen, il nous fut aisé de constater chez cette malade un déplacement marqué du rein droit, qui était mobile, douloureux à la palpation, non augmenté de volume apparemment. L'ectopie rénale n'avait pas échappé au médecin de Mme C..., mais il n'avait pas, à vrai dire, semblé y attacher une importance particulière.

Du moins, il n'avait pas vu une relation de cause à effet entre le déplacement rénal et les crises douloureuses présentées par sa cliente.

Or, en interrogeant Madame C... avec soin, nous fûmes frappé, comme chez le malade précédent, de ce fait très nettement affirmé par elle, que jamais dans ses crises néphrétiques, soit au moment de l'accès, soit après lui, soit dans l'intervalle de deux accès, elle n'avait constaté le moindre trouble de la miction, ni rendu de graviers ou de sables.

L'examen de l'urine que nous pratiquâmes dès le début, ne nous révéla rien de particulier. Mais nous eûmes la bonne fortune de pouvoir assister à une crise néphrétique au neuvième jour de la cure de Madame C... dans notre station, alors que la diurèse s'était franchement et facilement établie, et que toutes choses, d'ailleurs, allaient aussi bien que possible. Ce fut bien la crise néphrétique aiguë, calculeuse la plus franche, sauf, que comme dans toutes les occasions précédentes, la miction fut à peine troublée, un peu plus fréquente seulement au cours de l'accès, et que l'urine ne présenta, soit pendant, soit après celui-ci, ni sang, ni graviers, ni sables, ni rien d'anormal en un mot.

Pour nous, notre conviction était faite : nous nous trouvions nettement ici en face d'une pseudo-colique néphrétique occasionnée par un rein déplacé, mobile et douloureux.

Nous conseillâmes le port d'une sangle de Glénard et, en attendant que celle-ci fût faites nous engageâmes la malade à appliquer immédiatement une ceinture de flanelle faisant 2 ou 3 fois le tour du corps. Nous voulions déjà voir si ce moyen de contention assez simple ne diminuerait pas l'état douloureux que la malade accusait entre chaque crise. Nos avis furent suivis. La seule ceinture de flanelle amena un soulagement immédiat des douleurs. La malade eut cependant encore des crises assez rapprochées quelque temps après sa cure à Vittel, mais ses crises furent moins violentes et moins prolongées que les précédentes. Elle vint à Paris, au mois d'octobre suivant. Son médecin l'engagea à nous voir, pour que nous l'adressions à un bandagiste. On lui fit, en effet, une ceinture sur le modèle de la sangle de Glénard, et nous avons la satisfaction de pouvoir dire, ayant revu la malade l'année suivante à Vittel, et ayant eu de ses nouvelles cette année, qu'elle n'a plus eu de crises violentes depuis qu'elle porte sa ceinture. Elle n'est point à l'abri de toute douleur, ses fonctions digestives ne sont pas encore excellentes, elle a cependant engraissé un peu ; son état général est meilleur, et en tous cas, je le répète, les crises douloureuses aiguës n'ont point reparu.

Cette observation nous paraît si concluante que nous ne croyons pas devoir la faire suivre d'aucun commentaire.

Durant le cours de la saison dernière à Vittel, d'ailleurs, nous avons observé encore deux autres malades qui peuvent prendre place à côté des deux précédents.

Ici, il s'agit de deux femmes, l'une âgée de 47 ans, l'autre de 35 ans. Toutes les deux nous ont été adressées par des confrères comme atteintes de colique néphrétique calculeuse.

Ne voulant pas abuser de l'attention de nos collègues, nous ne décrirons pas leur histoire. Elle ressemble, d'ailleurs, à celle des précédents. Ici, comme là, il s'agit de crises aiguës, douloureuses, survenant un beau jour chez des sujets nerveux

sans avoir été précédées ni d'hématuries, ni d'expulsion de graviers ou de sables, présentant tous les caractères habituels de
la colique néphrétique franche, ne s'accompagnant, ni n'étant
suivies d'aucune modification nettement appréciable des urines,
se reproduisant à intervalles de plus en plus rapprochés, et
coïncidant chez les deux malades avec la présence d'un rein
déplacé, mobile et douloureux non augmenté de volume.

La seule particularité à noter chez nos deux dernières malades, c'est que le rein gauche était chez elles le siège du déplacement, que, chez la plus jeune d'entre elles, les crises douloureuses coïncidaient en général avec les règles. Chez elle, la présence du rein déplacé ne paraît pas avoir été reconnue par son
médecin habituel, ni par un confrère appelé en consultation.
Cela peut tenir, à notre avis, à ce que ce dernier, en particulier,
a examiné la malade à la fin d'une crise très douloureuse et
encore incomplètement éteinte. Or, chez cette femme extrême-
ment nerveuse, d'ailleurs, l'exploration de la région rénale est
des plus difficiles ; le rein est très douloureux à la palpation,
les muscles de la paroi abdominale se contractent et durcis-
sent sous la main qui les palpe. L'anesthésie sous le chloro-
forme, en faisant cesser la contraction musculaire réflexe, au-
rait sûrement permis à nos deux confrères de reconnaître le
déplacement de l'organe. Nous pûmes examiner la malade à
plusieurs reprises dans l'intervalle des crises aiguës, dans des
conditions plus favorables, par conséquent, ce qui nous ren-
dit le diagnostic plus aisé. En procédant avec douceur et len-
teur, nous constatâmes le déplacement du rein avec une net-
teté qui ne nous laissa aucun doute dans l'esprit.

Chez la dernière malade, l'ectopie rénale avait été reconnue,
et cependant, elle nous fut adressée comme atteinte de néphrite
calculeuse. Or, je le répète, pas plus chez celle-ci que chez les
autres, nous ne pûmes jamais déceler la moindre trace de gravelle.

Pour résumer notre communication nous dirons :

Si les auteurs n'ont méconnu ni les états douloureux
du rein simulant la lithiase rénale, ni les crises d'hydronéphrose intermittente qui se montrent au cours du rein
mobile et douloureux, et qui ressemblent à la colique néphrétique ; si le Dr Tuffier s'est, d'autre part, attaché par-

ticulièrement à démontrer qu'il existe des états pathologiques nombreux pouvant simuler, à s'y méprendre, les
coliques symptomatiques de la lithiase rénale, bien qu'ils
en soient tout à fait indépendants, nous nous croyons
cependant autorisé par les faits, assez nombreux déjà, que
nous avons observés dans le cours de notre pratique, à
affirmer que les auteurs :

1° N'ont pas encore assez insisté sur la fréquence, beaucoup plus grande suivant nous qu'on ne le croit en général,
des crises douloureuses qui apparaissent au cours du rein
prolabé et mobile, dont la physionomie, les allures et la
marche ressemblent singulièrement à celles de la colique
néphrétique calculeuse la plus franche, et qui sont cependant complètement indépendantes de la lithiase urinaire.

En d'autres termes, ils n'ont pas assez montré combien
le rein prolabé était une cause fréquente de pseudo-colique néphrétique.

2° Ils ne nous paraissent pas avoir établi une distinction
suffisamment précise entre les divers états douloureux
qui traversent, comme un épisode aigu, le cours du rein
prolabé et mobile. Ils ont eu surtout en vue l'hydronéphrose intermittente.

Or les faits que nous avons observés ont une physionomie qui les distingue assez nettement des accès douloureux dus à l'hydronéphrose.

Chez aucun de nos malades, en effet, nous n'avons pu
constater, ainsi que nous l'avons dit, de trouble vraiment
notable de la fonction urinaire au cours de l'accès. Quel-
quefois, les mictions ont été un peu plus fréquentes, mais
il n'y a eu ni anurie, ni oligurie. A la palpation, le rein ne
nous a jamais paru augmenté de volume. Si nous avons
parfois, à la fin de l'accès, observé des urines un peu plus
abondantes et un peu plus blanches que normalement,
nous pouvons dire que cela s'observe très fréquemment à
la suite d'une crise douloureuse plus ou moins violente,
quelle qu'elle soit. Nous avons remarqué, du reste, que les

crises observées par nous se sont montrées chèz des sujets de tempérament très nerveux.

En tous cas, nous n'avons jamais vu ces « débàcles urinaires amenant la disparition de la tumeur et de la douleur » qui sont le fait de l'hydronéphrose aiguë intermittente.

Par tous ces caractères, les accidents douloureux que nous avons relatés ici se distinguent donc nettement des crises dues à l'hydronéphrose.

En somme, c'est par une étude approfondie des antécédents du malade, c'est par une enquête minutieuse sur l'état exact de la fonction urinaire, c'est par un examen soigneux des qualités de l'urine au moment des accès douloureux, après ceux-ci et dans leur intervalle, c'est enfin par une exploration attentive et méthodique de la région rénale, que le médecin parviendra à établir le diagnostic exact et raisonné des accidents en présence desquels il se trouve, et à éliminer toutes les causes d'erreur.

Quelle est maintenant l'explication à donner de ces crises douloureuses dans les faits que nous avons rapportés ?

Nous n'en avons pas de meilleure à proposer que celle qui a été indiquée par le Dr Tuffier, et c'est à cet auteur que nous renvoyons.

Quant au traitement enfin qui leur est applicable, il n'est autre, bien entendu, que celui du prolapsus rénal à l'occasion duquel elles ont fait leur apparition.

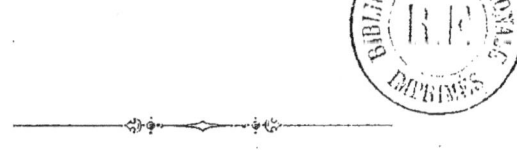

Clermont (Oise). — Imprimerie DAIX frères.

DU MÊME AUTEUR

~~~~~~~

Corps étrangers des voies aériennes (*Annales des maladies de l'oreille et du larynx*. N° 5. — 1er novembre 1877.)

De la fièvre intermittente chez les enfants. (Paris, 1879. — Chez PARENT.)

De la station hydro-minérale de Saint-Alban et des principales applications thérapeutiques de ses eaux. (Roanne, 1892. — Société polygraphique.)

De la médication par l'acide carbonique à Saint-Alban. (Id.)

Etude sur les eaux minérales de Vittel. (Saint-Dizier, 1895. — Chez O. GODARD.)

La même étude en anglais.

La journée du buveur à Vittel. (*Bulletin médical des Vosges.* — Oct. 1895.)

De certaines variétés de lombalgies dues à la lithiase urinaire latente. (Saint-Dizier, 1896. — Chez O. GODARD.)

Sur un cas d'entéroptose d'origine traumatique (Communication faite à la Société médico-chirurgicale. — Février 1897.)

De la pseudo-colique hépatique d'origine hystérique. (Communication faite à la Société d'hydrologie. — Décembre 1898.)

Des indications de l'eau de la Source salée de Vittel dans la lithiase biliaire. (Saint-Dizier, 1899, chez O. GODARD.)

Hématurie d'apparence essentielle. (Communication résumée. In *Bulletin de la 4e session de l'Association française d'Urologie.* Paris, 1900. Chez O. DOIN.)

———————————

Clermont (Oise). — Imp. DAIX frères.

www.ingramcontent.com/pod-product-compliance
Lightning Source LLC
Chambersburg PA
CBHW070805200626
46811CB00023B/2115